D'APRÈS LA COMTESSE DE SÉGUR

# LES VACANCES

adaptation : Jean-Claude Lowenthal
dessins : Louis-Michel Carpentier

casterman

ISBN 2-203-31603-9

G

Tout était en l'air au château de Fleurville. Camille et Madeleine attendaient l'arrivée de leurs cousins qui devaient passer les vacances avec elles. Accompagnées de Sophie et de Marguerite elles allaient et venaient, montaient et descendaient, sautaient, criaient, se poussaient : elles préparaient les chambres de leurs invités...
Eh bien! Arrivent-ils?
Pas encore, chère petite.
Mes amies, ils n'arrivent pas encore.
Je crois que tout est fini maintenant, je ne vois plus rien à faire.
Je vais voir s'ils arrivent.
Les voilà! Les voilà! Les voitures ont passé la barrière.

M. et Mme de Traypi et leur petit Jacques descendirent de la première voiture.
M. et Mme de Ruges et leurs deux fils Léon et Jean descendirent de la seconde.
Pendant quelques instants, ce fut un tumulte, un bruit, des exclamations à étourdir. Puis les enfants demandèrent la permission d'aller se promener, et partirent en courant à qui arriverait au plus vite au jardin.
Il vous manque une petite cabane pour mettre vos outils et une autre pour vous mettre à l'abri de la pluie, du soleil et du vent.
C'est vrai, mais nous n'avons jamais pu réussir à en faire une; nous ne sommes pas assez fortes...

Eh bien! Pendant que nous sommes ici Jean et moi, nous vous bâtirons une maison.
Et moi aussi, j'en bâtirai une pour Marguerite et pour moi.
HA! HA! HA! Voilà un fameux ouvrier! Est-ce que tu sauras comment t'y prendre?
Oui, je le saurai, et je la ferai!
HA! HA! HA!
Mais comment feras-tu, mon pauvre Jacques, pour atteindre au haut d'une maison assez grande pour nous tenir tous?
Vous verrez, vous verrez; laissez-moi faire: j'ai mon idée...
Le lendemain, de grand matin, Camille et Madeleine, Léon et Jean descendirent au jardin pour commencer leur cabane.
TOC TAC TOC TOC
Qui est-ce qui peut cogner dans notre jardin?
C'est sans doute dans le bois.
Mais non! les coups semblent venir du jardin.
Ah! voici Marguerite: elle nous dira ce que c'est.
LÉON, JEAN, BONJOUR...

SOPHIE ET JACQUES SONT AVEC MOI...
Ne crie donc pas si fort, nous ne sommes pas sourds!
POC
POC
?
?
!
?
HA!HA!HA!HA!
?!

Pourquoi et de quoi ris-tu?
HA!HA!HA!HA!
Je ris de vos airs étonnés.
Mais, mon petit Jacques, comment as-tu pu faire tout cela ?...
Sophie et Marguerite m'ont aidé.
A quelle heure t'es-tu donc levé, mon petit Jacques?
A cinq heures, et à six j'étais ici avec mes piquets, mes planches et tous mes outils.
Tenez, mes amis, prenez les outils; maintenant chacun son tour.
Non, Jacques, continue, nous voudrions te voir travailler...
Mais nous travaillons depuis longtemps, et nous sommes fatigués... Nous allons à présent courir après les papillons.
Pour vous reposer sans doute?
Précisément, pour nous reposer les mains et l'esprit.
Ils ne ressemblent guère à des gens fatigués...
CRRRR
CRAC!

J'ai entendu les branches craquer dans le buisson.
Et moi aussi; entendez-vous? On s'éloigne avec précaution.
Vous vous êtes trompés ; il n'y a rien du tout...
Laisse donc ce maillet, Jean; tu prends un air matamore en pure perte; il n'y a aucun ennemi pour se mesurer avec toi.
Léon! Pourquoi plaisantes-tu du courage de Jean?
Merci, Jean: s'il y avait eu du danger, tu nous aurais défendues bravement.
PFFFFF!!
Il pouvait y avoir du danger, car je suis sûre d'avoir entendu marcher avec précaution dans le fourré, comme si on voulait se cacher.
Camille, pressentant une dispute, changea la conversation en parlant de leur cabane.
Après bien des incertitudes, ils décidèrent qu'on la bâtirait en face de celle de Jacques.

Le lendemain, pour commencer la journée, on arrangea une partie de pêche... au cours de laquelle on remarqua l'absence de Jacques...
Je suis sûre que Jacques est à l'ouvrage à sa cabane.
Allons voir!
Oui! Allons voir! Allons voir!
Il faut d'abord ranger nos lignes et nos hameçons...
... et porter nos poissons à la cuisine...
Et puis les faire cuire nous-mêmes pour donner à Jacques le temps de finir!
Attendez, je vais voir où il est.
HÉ?
HOLAA!
PLOUF
HIHIHI!!
HAHAHA!
Aurez-vous bientôt fini?

HA! HA! HA!
Hiiiiiii!
HAHAHAHAHA!
TOC TOC TAC
Pour le coup, je saurai ce qu'il en est!
JACQUES! JACQUES! GARDE À TOI!
Personne? C'est trop fort!
LÀ!

Il faut les poursuivre. À moi, Léon, à moi!
Le voilà! Le voilà! Il est pris!
Non! Il s'échappe!
Attrape-le!
À droite!
À gauche!
HAHA! HAHAHA!
L'as-tu vu? Où est-il? Comment l'as-tu laissé aller?
Je l'ai entendu courir dans le bois, mais je n'ai pu le saisir.
CRAC!
Qu'y a-t-il?... Pourquoi avez-vous crié?... Qui avez-vous poursuivi dans le bois?

Fais donc l'innocent, rusé que tu es! Tu sais mieux que nous qui nous avons poursuivi.
Allons, mon petit Jacques, dis-nous qui t'a aidé à bâtir si vite et si bien ta cabane?
HA!HA! vous croyez donc que quelqu'un a eu la bonté de m'aider?
Ta,ta,ta, voyez donc ce beau parleur! Nous allons bien te forcer à parler! Tu vas voir!
Léon! Nous perdons notre temps! Toi qui es le plus intelligent de nous tous, dirige-nous pour notre pauvre cabane.
AÏE!
Eh bien, mon Jacquot, nous avons été serrés de près! J'ai bien manqué d'être pris! C'est égal, nous avons bien avancé la besogne. J'ai demandé à Martin de tout finir pendant notre dîner, et demain ils seront bien surpris...

Oh! Non, papa, je vous en prie, laissez ma maison et faites finir celle de mes pauvres cousins.
Comment? toi qui tenais tant à attraper Léon!
Oui, mon cher papa, mais cela me fait de la peine de le taquiner.
Tu es un bon petit garçon, mon petit Jacquot ; je vais faire finir leur maison.
Et le lendemain, quand les enfants allèrent au jardin pour continuer leurs cabanes...
Comment cela s'est-il fait?
Par quel miracle notre maison se trouve-t-elle achevée?
Parce qu'il était temps de faire finir une plaisanterie qui aurait pu mal tourner.
Je propose une partie de cache-cache de laquelle nous serons tous, petits et grands, jeunes et vieux.
BRAVO! BRAVO!
Ce sera bien amusant!
Qui est-ce qui l'est?
Ce sera moi et ma sœur de Fleurville, puis ceux qui se laisseront prendre.

Une! Deux! Trois! La partie commence! Le but est à l'arbre près duquel nous nous trouvons!
Défendu de grimper aux arbres!
HOU!
HOU!
C'est fait! Prenez de ce côté, ma sœur; je prendrai de l'autre.
HOU!
HOU!
Attention, mon frère! j'entends craquer les branches de votre côté.
Ah! J'en tiens un!
AHAHAH!
OH!
À force d'habileté et de persévérance, monsieur de Traypi finit par les prendre tous malgré leurs ruses, leurs cris, leurs efforts inouïs pour arriver au but... Sophie manquait...
Sophie! Sophie! Fais «Hou!» Qu'on sache de quel côté tu es.

❀ Lisez "Les petites filles modèles".

Je ne vois pas!
Sophie! chère Sophie! où es-tu?
Sur quel arbre?
Nous ne te voyons pas!
JE SUIS TOMBÉE DANS L'ARBRE QUI ÉTAIT CREUX... J'ÉTOUFFE!... JE VAIS MOURIR!
Comment faire?
Si on allait chercher des cordes?
! !
Imprudents! Descendez! Vous allez vous tuer!
Prends ma veste, Sophie, tiens-la ferme à deux mains.

Aide-toi des pieds pour remonter pendant que je vais tirer.
HISSE!
CRAC!
Sophie! comment cet accident est-il arrivé ?
C'est vrai, on était convenu de ne pas grimper aux arbres.
Je voulais... me cacher mieux que les autres...
C'est-à-dire que tu as triché!

Je croyais qu'on ne me trouverait jamais...
Est-ce que tu étais bien mal dans cet arbre?
Comment, si j'y étais mal? J'ai manqué étouffer!
Tu ne pouvais pas étouffer! Tu avais de l'air par le haut.
Mais j'étais tout au fond, le corps serré par l'écorce.
Ah bah! je m'en serais bien tiré, moi.
Tu te vantes, mon brave!
Rien de plus facile que d'essayer. Monte sur l'arbre, laisse-toi glisser au fond, nous ne t'aiderons pas, et tu en sortiras tout seul. Veux-tu?
Je le ferais certainement, si... si...
Si quoi?
Si je ne craignais d'effrayer mes cousines, qui pourraient croire... qui pourraient craindre...
Craindre quoi? Puisque tu es si brave!

Je vous prouverai bien, moi, que je suis courageux... seulement ... il faut que je demande la permission à papa.
Papa, je viens vous demander la permission d'entrer dans le creux de l'arbre dans lequel Sophie prétend avoir étouffé...
Mais si vous craignez le moindre accident, je ne l'essayerai certainement pas...
Mais pas du tout. Essaye, je ne demande pas mieux. J'irai même avec vous.
Papa, je vous remercie ... j'irai certainement... je n'ai pas peur... j'ai certainement...très envie ... de leur montrer. Mais je crains que... maman ne soit pas contente ... ne permette pas...
Sac à papier! Mon garçon, tu n'as pas besoin de la permission de ta maman, puisque je te la donne, moi.
Voyons, finissons, et mettons-nous en route!
Mon oncle, ne trouvez-vous pas que c'est imprudent à Léon d'entrer dans cet arbre?
Chère petite, nous avons entendu toute votre conversation, et c'est pour punir Léon de ses rodomontades que je le pousse à cet acte de courage, qu'il n'exécutera pas et que je ne laisserai pas s'exécuter.
Il va être assez puni par la peur qu'il aura.
Oh! mon oncle, il me fait pitié; pauvre garçon, comme il tremble! permettez-moi de le rassurer..

Non, non, Camille ; laisse-moi lui donner cette leçon dont il a grand besoin, je t'assure.
GLUB
Que faire maintenant ?...
Fais semblant de le chercher ; tu le trouveras et tu lui feras honte de sa poltronnerie...
?!
?
AU VOLEUR !

Qu'y a-t-il? Qui êtes-vous? Qu'est-il arrivé à mon fils?
Je ne saurais vous dire, monsieur, pourquoi le jeune monsieur a été si effrayé.
Tout ce que je sais, c'est que me sentant fatigué, je m'étais endormi au pied d'un arbre, et qu'en m'éveillant, j'ai vu, à trois pas de moi...
... ce petit monsieur blotti près d'un buisson; il ne me voyait pas, et il ne voyait pas non plus une grosse vipère qui touchait presque à son pied. Je n'avais pas le temps de le prévenir : au premier mouvement, la vipère l'aurait piqué ; je ne fis ni une ni deux : je m'élançai sur lui, je l'enlevai dans mes bras...
... et je le posai dans le sentier. Il poussa un cri tout comme s'il avait été saisi par le diable et il a couru comme si le diable courait après lui.
Mam'selle ... Pardon ... mam'selle; mais n'êtes-vous pas mam'selle Sophie de Réan?

❀ "Les petites filles modèles".

Parce que ma belle-mère m'a obligée à porter son nom le jour où papa est mort...
... depuis ce malheureux jour, vous ne pouvez pas vous figurer combien je fus malheureuse...
Comment ne nous as-tu jamais parlé de cela?
Je n'en ai jamais parlé parce que ma belle-mère me l'avait défendu. J'ai fini par n'y plus penser et par oublier.
?!
Je pars pour Paris, je veux aller au ministère de la Marine; peut-être y apprendrai-je quelque nouvelle concernant le comandant de Rosboury...
Qui sait, peut-être aurai-je de bonnes nouvelles à vous donner...

Monsieur de Traypi était parti depuis trois jours. L'après-midi du troisième jour...
!?
Mme de Rosbourg tomba dans les bras de son mari en sanglotant et en remerciant Dieu.
MARGUERITE! Ma petite Marguerite!
Sophie! je ne me trompe pas: c'est bien Sophie de Réan.
Mon bon commandant! Mais Paul, mon cher Paul, où est-il? vit-il encore?
Ma chère enfant, Paul est ici; il déballe et range nos affaires...
Dans notre chambre! Près de celle de ma femme!...

Mes amis, voici Paul! mon cher Paul que j'avais cru noyé dans le naufrage.
Viens, mon garçon, ce ne sont pas des sauvages ; pas de dangers à courir, va!
Paul, promets-nous de nous raconter tes aventures.
Paul sera certainement d'accord. Allons tous au salon l'écouter.
Et tout le monde se groupa autour de Paul...
Je ne me rappelle pas trop ce qui arriva sur le vaisseau. Le voyage dura très longtemps...

Depuis deux jours il faisait un vent terrible...
KRRAÂÂK!
BRROOBOOOM

CRAAAA!
AU SECOURS!
LES CHALOUPES À LA MER!
SOPHIE!
MAMAN!
PAPA!
ARRÊTEZ! ARRÊTEZ!
MAMAN! MAMAN!!! ATTENDEZ-NOUS!
CLAC!
SOPHIE! MON ENFANT!

KRRÂÂÂBODOM
PAUUUL!
SOPHIE!
Hélas, une vague énorme nous sépara et nous nous retrouvâmes, seuls, épuisés, au milieu de la nuit.

Le lendemain...
TERRE!
?!!!
Ne bougez pas! Ce sont des sauvages!
AAAAH!
?

IL ME TIRE! SAUVEZ-MOI!
POUNDI POUNDI
TCHIANE!
TCHAC!
Les sauvages vinrent alors examiner l'arbre, toucher craintivement la hache; ensuite chacun vint baiser les pieds du commandant. Je n'avais plus peur.
Moune chak!

* Regite : ça coupe.

Pris kanine?
TAM TAM TAM TAM TAM TAM TAM TAM TAM TAM TAM TAM TAM TAM TAM
BRAVO! BRAVO!
Euh! Euh!
HAHAHAHA!
HA HA HA!!! HA!HA! HA! HA! HA HA!

Le lendemain, un chef voisin vint au village. Ayant appris les pouvoirs magiques du commandant, il regarda le roi d'un œil triste et envieux ; tout à coup son visage prit un air joyeux. Il dit quelques mots au roi, qui lui répondit...
Vansi! Vansi! Pravine!
?!
Mon commandant, je n'aime pas ce geste-là. Le sauvage me déplaît ; au diable lui et son oreille !...
Tu vas le mettre en colère, mon Normand, rends-lui son frottement d'oreille.
Le chef parut alors aussi joyeux que l'avait été le roi, et donna un ordre, qu'exécuta un sauvage. Il reparut avec le lien de l'amitié et fit la même cérémonie qu'avait faite le roi au commandant... Puis il l'entraîna vers son canot...
COMMANDANT!
ARRIÈRE!
!!!
Mon pauvre Normand!

✲ Eh bien! toi non plus, tu n'auras pas cet ami que tu refuses de me prêter!

WOULA WOULALA!
PAF
AÏE!
PIF
OUILLE
Les sauvages s'élancèrent à l'assaut les uns des autres. La mêlée était terrible, quand soudain...
BOUM
Le coup de canon mit fin instantanément au combat; nous en profitâmes alors pour nous enfuir du champ de bataille.
OHÉ!
OHÉ!

Deux heures après, on appareilla. Le lendemain, la terre avait disparu. Notre voyage fut des plus heureux.
Trois mois après, nous arrivions au Havre; nous partîmes immédiatement pour Paris où nous rencontrâmes M. de Traypi. Le commandant repartit sur-le-champ pour Fleurville. Il y avait dix minutes à peine que nous étions arrivés lorsque Mme de Rosbourg rentra; vous savez le reste.
Vous voyez tout ce que peut faire l'éloquence de Paul : l'heure du coucher est passée depuis longtemps. Je crois qu'il serait bon d'aller dormir.
Oui, mon ami, vous avez raison. Allez vous coucher, mes enfants.
Et ne rêvez pas sauvages et naufrages!
Le lendemain, Paul, que son exil avait rendu plus adroit, leur apprit une foule de choses pour leurs cabanes.
Puis il les aida à se déguiser pour jouer aux sauvages.

AU SECOURS!
?!
AU SECOURS!
Viens, Léon, suis-moi!
Je le vois! Je le vois! Au secours!
Il est tout blanc! Il va m'emporter! Au secours! Au secours!
!?
!?
RAAH!
?
?
AU SECOURS!
CRAC
CLING
CLANG
GLING
GILING
?!

RAAAH!
Allons, n'aie pas peur, poursuivons ce soi-disant fantôme!
NON NON NON
?!
GLING GLING
Qu'est-ce donc, Paul?
C'est un imbécile qui a voulu faire peur à la femme de chambre, et qui lui est apparu déguisé en fantôme.
Mes amis! Allons à la chasse au fantôme.

Quelques instants plus tard...
Voici le fantôme!
Nous l'avons forcé à garder son drap pour vous en donner le spectacle.
Pourquoi as-tu fait peur à cette femme? Réponds!
Réponds! ou je te fais jeter dans la prison de la ville.
Grâce! Mon bon monsieur! Grâce! Je ne recommencerai pas!!!
Je voulais simplement emprunter quelques légumes au jardin, et cette dame était sur mon chemin.
C'est-à-dire que tu voulais voler ces légumes. Après les légumes viennent les fruits, puis l'argent, puis on égorge son monde. Pas de grâce, coquin. Que l'on mette ce drôle entre les mains des gendarmes!

Est-ce que tu n'as pas eu peur, Paul?
Peur d'un fantôme!?
Non, mais d'un homme, d'un voleur.
Je ne crains pas un homme, ni deux, ni trois. Le commandant m'a appris la boxe et la savate; avec cela on se défend bien et l'on attaque sans crainte.
Moi ce n'est pas ma faute, mon premier mouvement est d'avoir peur et d'éviter le danger.
Mon pauvre ami, je trouve au contraire qu'il faut un grand courage pour dire ce que tu viens de dire. Marchons ensemble à la première occasion, et tu verras que tu feras tout comme moi.
J'en doute; en tout cas je tâcherai...
L'occasion pour Léon de montrer son courage ne tarda pas. Quelques jours plus tard...
Mais... Quel est ce bruit?... Il me semble entendre des gémissements mêlés d'éclats de rire.

Je les entends aussi. Viens, Léon, allons voir.
HA HA HA HA
HI HI HI
Je n'entends rien, moi...
HA HA HA HI HA HI HI HI
Viens donc avec moi, il n'y a pas de danger.
Voilà Léon parti! mais pour de bon cette fois! Il court aussi vite que Paul...
Courage, courage donc! Montre-leur que tu n'as pas peur! Marche hardiment.
?!
HA! HA!
AÏE!
HAHAHA!
VOUS ALLEZ FINIR!
!
?
Laissez ce pauvre garçon!
Laissez-nous nous amuser, ou nous vous en ferons autant...

Arrête, drôle! Pars à l'instant, ou je t'allonge un coup de pied qui te fera voler de dix pieds en l'air.
HA HA! HAHAHA!
OUMPF!
À moi, Léon!
PAF!
PAF!
Approchons, il est temps!
AÏE!
PAF!
RAAH!
Allez, polissons, et recommencez si vous l'osez!

Arrivez ! Arrivez ! Léon vient de se battre contre douze grands garçons et de les mettre en fuite.
Pas possible ?
Je vois dans les yeux de Léon que c'est vrai ; il a un air que je ne lui ai jamais vu... il ressemble à Paul.
Avons-nous de la liqueur pour boire à la santé de Léon ?
Et tout le monde se retrouva à la bibliothèque pour fêter Léon et sa victoire sur sa poltronnerie.
Léon, tu es tout changé !
A la fin des vacances les enfants s'aimaient de plus en plus.
Léon, Jean, Jacques et leurs parents retournèrent chez eux.
M. et Mme de Rosbourg ainsi que Marguerite et Paul, que M. de Rosbourg avait adopté, achetèrent un château voisin de Fleurville.
Quant à Sophie, elle demeura avec sa nouvelle maman et ses deux sœurs Camille et Madeleine au château de Fleurville.

Imprimé en Belgique par Casterman, s.a., Tournai. Dépôt légal : 2e trimestre 1977 ; D. 1977/0053/104.
Déposé au Ministère de la Justice, Paris (loi n° 49.956 du 16 juillet 1949 sur les publications destinées à la jeunesse).